642
件可寫的事

642 THINGS TO WRITE ABOUT

舊金山寫作社
THE SAN FRANCISCO WRITERS' GROTTO —— 著

布朗森 PO BRONSON —— 前言

謝佩妏 譯

smile 138

642 件可寫的事

作者：舊金山寫作社（The San Francisco Writers' Grotto）

責任編輯：潘乃慧

校對：呂佳眞

法律顧問：董安丹律師、顧慕堯律師

出版者：大塊文化出版股份有限公司

台北市105022南京東路四段25號11樓

www.locuspublishing.com

讀者服務專線：0800-006689

TEL：(02)87123898 FAX：(02)87123897

郵撥帳號：18955675　戶名：大塊文化出版股份有限公司

版權所有　翻印必究

本書題目發想者名單：

Molly Antopol	Susie Gerhard	Ashley Merryman
Tom Barbash	Melanie Gideon	David Munro
Natalie Baszile	Connie Hale	Janis Newman
J.D. Beltran	Noah Hawley	Peter Orner
Po Bronson	Rachel Howard	Caroline Paul
Xandra Castleton	Gerard Jones	Jason Roberts
Marianna Cherry	Diana Kapp	Julia Scheeres
Chris Colin	Connie Loizos	Justine Sharrock
Chris Cook	Kathryn Ma	Meghan Ward
Stephen Elliott	Jordan Mackay	Ethan Watters
Isaac Fitzgerald	Anne Marino	Matthew Zapruder
Laura Fraser	Josh McHugh	

總經銷：大和書報圖書股份有限公司

地址：新北市新莊區五工五路2號

TEL：(02) 89902588　FAX：(02) 22901658

初版一刷：2017年3月

初版四刷：2023年2月

定價：新台幣380元

Printed in Taiwan

前言
642 件可寫的事

這本書一天就完成了。從頭到尾眞的只花了二十四小時，既沒有事先昭告天下，發想人也不是我。有一位編輯朋友突然打電話來說：「咱們來出一本叫《642件可寫的事》的書吧！」

我的直覺反應是：「好啊，但你不是眞的指642件事吧？642只是代表任何一個大的數字，所以也可以是238或187件，對吧？總之，要想出642件事也不大可能。」

「可以換成不同的數目啊，」她答，但頓了頓又說：「但我想的不多不少，剛好就是642件事。」

這項任務，我不打算獨力完成。所以隔天早上，我發了e-mail給舊金山寫作社的同事。舊金山寫作社就像個錯綜複雜的迷宮，裡頭是一間間小工作室和圖書館似的隔間，有三十五名作家在此工作。我的想法是，如果我們第一天就能收集到超過一百個寫作構想，這個計畫也許可以成眞。我還以爲這要花上一個月呢。

沒想到大家開始紛紛把構想寄來給我，而且一次就是一大串。各式各樣的構想來自三十五位不同的作家。不到一小時，我們就收到一百個構想。那天結束之前甚至累積到五百個構想，而且整晚都不斷有人寫信過來。隔天午餐時間，我就親手把完稿交給編輯。

我說出這個故事是因爲由此可見，人的潛力無窮，你永遠不知道會發生什麼事。短短一天之內，只要你找對方向，就可能收穫滿滿，那也許是一件事的開始，也許是一件事的全部。那甚至不需要是你自己的構想，你只要發揮創意，全心投入就行了。

你可以照著這本書建議的方式來使用它，從中挑出一個練習，然後把它寫下來。或者，你也可以讓這些練習滑過你的腦海，激盪你的創意，提醒自己不是所有寫作題材都有人寫過，也不是所有好創意都有人想過了。世界上能寫的東西無窮無盡，隨時都能爲你的故事指出全新的方向。

布朗森 （PO BRONSON ）
寫於舊金山寫作社

一秒內可能發生的事。

你吃過最難以下嚥的年菜。

家裡有株盆栽快枯了，
跟它說爲什麼它不能死。

寫下你2017年更新的臉書近況。

你是個太空人。描述你完美的一天。

用一封勒索信當開頭，寫一個故事。

你被偷走的一樣東西。

失聯已久的室友。

某個拿著藍色物品的角色現下正在想什麼？

描寫一個場景，裡頭的對話只能有「嗯」、「呃」、「唔」、「喔」。

跟一個陌生人說一項優良的家族傳統。

你剛委屈自己做了一件你不想做的事，你朋友想知道爲什麼。

你們正開車在一個快停滿的停車場裡繞，找車位停你朋友的特大台發財車。寫下這個場景。

選一樣小東西送給你未來的曾孫。附上一封信跟他解釋你為什麼選這樣東西。

用第三人稱描寫自己的外貌和個性，就像在描寫書中的角色。

描寫一樣你超想得到，
得到之後卻一次也沒用過的東西。

描寫一樣你不知如何使用的
未來電子產品。

暴風雨吹垮了你舅舅的小屋，
他的六歲兒子也因此喪命。
描寫暴風雨來襲前天空的顏色。

寫出你小時候住處附近有哪些樹。

描寫一個女人工作一星期就被炒魷魚的情景。

一星期前，現在炒她魷魚的人還極力說服她接受這份工作。

以一九三二年的阿根廷爲背景，寫一則短篇故事，茶杯在故事中扮演關鍵角色。

描寫最近一次你不知該說什麼的時刻。是因為對話很尷尬？還是你驚訝到說不出話？

高中時代如果發生了哪件事，會讓你的人生從此改觀？

從天窗往下看，你看見：廚師正在爲你的前未婚夫的婚禮準備宴席。

把兩個彼此討厭的人放在同一部電梯裡十二個小時。會發生什麼事？

你遺失的東西。

你找到的東西。

打噴嚏。

別人對你說過最刻薄的話。

描寫五段你記憶猶新的回憶。選出其中一段加以延伸。

有個人從一棟大樓的四十樓往下跳，經過二十八樓時，他聽到電話鈴聲就後悔了。爲什麼？

寫下一個或一連串注定悲劇收場的選擇／決定／事件。

你朋友打電話來，說昨天看到你坐在警車後座，發生了什麼事？

如實描寫你生命中某個戲劇化的時刻，但是編進一個祕密和一則謊言。

豪華大飯店裡的一隻蟑螂。

你對時下愛情的看法？

脫口秀的主持人。

如果你只剩下一個禮拜可活……

下一種轟動全球的新藥，以及引發的後果。

如果你生命中每個十年都可以
用一首流行歌代表，你會選哪些歌？

用一個詞描寫家裡的每個成員。

如果家裡失火，逃命時你會帶什麼？

老是讓你後悔說出口的話。

以「我萬萬沒想到喬會做出那種事」為開頭，寫一個場景。

世界上第一個吃牡蠣的人的感想。

最美妙的一次吃冰經驗。

描寫狂喜。

你最害怕的一次經驗：膝蓋直抖，心臟狂跳，幾乎站都站不穩。

你記憶中經歷的第一次死亡，和最近一次死亡有何差別？

寫下你對一部小說或回憶錄的感想（而你從來沒寫過）。

我不知道當時發生了什麼事。

你居住的城市一百年後的樣貌。

寫一篇短篇故事，你在裡頭是一名壞人。

某件壞事後來轉變成天大的好事。

你發現了一袋現金。

你想贏得諾貝爾獎？還是成為搖滾巨星？

你對心愛寵物的個性有何想法。

發現自己不再是小孩的那一刻。

世界上可能發生的最慘的一件事。

世界上可能發生的最棒的一件事。

以一九五六年的底特律爲背景寫一則短篇故事，汽車地墊在其中扮演關鍵角色。

有個女人懷疑她孫子就住在她隔壁。

有個男人正對著數千人演講，突然間謊言被揭發，無所遁形。

一個身穿紅衣的角色正在想什麼。

你最愛的電影片段。

你最後一頓飯的菜單。

選擇你的死法。

如果你現在沒在做這件事，會在做哪件事？

用詳細到可笑的方式寫出你家怎麼走。

把大家原本的人生規畫都打亂的一段親密關係。

你是個地位中等的希臘神祇,希望提升自己在奧林帕斯山的地位。
你擁有什麼力量,要如何運用這份力量讓宙斯諸神對你刮目相看?

列出五個對你衝擊很大的文化事件。選一個加以描寫，但不要提到自己。

選一個人，然後問自己：這個人做過最困難的決定是什麼？

你剛剛發現自己把某樣貴重物品（如項鍊、皮包、手機）掉在夜店。接下來發生了什麼事？

三明治的偉大之處。

遊行。

二角褲還是四角褲好？試論之。

去你的。

寫下最近一次難以溝通的對話。然後將之重寫，說出你當時說不出口的話。

寫出能吸引大家購買新口味麥片的文案。

清潔婦。

等待。

一對二十多年沒聯絡的母子，十二月在郵局的排隊人潮中相遇，
兩人手中滿滿都是要寄的禮物。他們會跟對方說什麼？

以「這是我第一次殺人」為開頭寫一個場景。

寫下一個女人跟丈夫走出餐廳時，剛好撞見舊情人的場景。
雙方說了什麼話或沒說什麼話？她的姿態洩漏了什麼？

跟一個朋友出去吃晚餐。回到家後，用對方的語氣來寫作，從他說的話開始寫起。

總統的個人待辦事項。

紐約洋基隊總經理的個人待辦事項。

好萊塢某大經紀人的個人待辦事項。

你小時候房間裡的三樣東西。

你最寶貝的玩具。

你的衣櫃裡放的東西。

你聽到的下一個聲音是什麼？
那是怎麼來的？

選一個國家，想像我們跟他們交戰了十四年。寫一個在那個國家發生的愛情故事。

一名女兵正要展開她自知會送上性命的任務。

從歷史人物的觀點寫一段文字，例如羅斯福總統、瑪麗蓮‧夢露或開膛手傑克。

描寫你最喜歡的男體部位，只能用動詞。

描寫你最喜歡的女體部位，只能用動詞。

一件事通常都有三種理由：我們告訴別人的理由、我們告訴自己的理由，以及真正的理由。
寫下這三種理由之間的衝突。

你正在跟朋友吃午餐，吃到一半，你朋友接到一通電話。寫下你朋友說的話。

寫下你的一個壞習慣，以及你從中得到祕密快感的原因。

有個小孩必須一再重複做某件事，才能在大人發火時讓自己平靜下來。
是什麼事？他又是怎麼學會的？

寫一個故事，用「我去找他對質的時候，他否認自己說過這句話」當開頭。

一種將改變你的生活的新產品。

從一片葉子的觀點去看一棵樹。

從來沒人對你說過這樣的話。

你父親開的車。

有個陌生人被迫住進你的房間一個禮拜，從他的觀點描寫你的房間。

你是私家偵探，跟蹤一名外遇的丈夫已經一個月了。你的委託人是情緒不穩的太太。
寫下你的跟蹤報告，告訴你的委託人你做了什麼以及你的發現。

你在路邊一輛腳踏車的旁邊醒來，記憶一片空白，身上的皮夾也沒了。
接下來的一個小時，發生了什麼事？

以一則八卦爲開頭，寫一個故事。

你的書桌晚上在想什麼？

跟你同年級、但不是很熟的小孩有天出現在你家門口，跟你說了一件很重要的事。
他長什麼樣子？他說了什麼？

你想順手牽羊的東西。

她不為人知的怪癖。

你讓某個人復活了。這個人是誰？

你變成你想成為的歌手，
在現場演唱會上高歌一曲。

寫下一連串對某演員來說備受羞辱的舞台指示。

你第一次擔心自己說話帶有種族偏見。

想一個能形容你這個人的物品。描寫之。

爲你最喜歡的水果找出它討人歡心的理由。

巨細靡遺地勾勒出你絕不想寫的一個虛構人物。盡量別洩漏出你的好惡。

寫匿名信給一位陌生人，在信中詳細道出你的人生體悟。

寫一封你不小心寄出的電子信，對方其實不應該看到這封信。

一通你但願自己永遠不會接到的討厭電話。

放火燒了某樣東西。

想到家的時候，你最常想起童年的什麼東西或什麼地方？

描寫你家的某個房間。

你第一次被人拆穿的謊言。

帶著糖果的木匠。

你希望自己身在什麼地方？

你最喜歡的遊樂場設施。

跟蹤你的前男友或前女友。

你發現自己不知不覺成了跟蹤狂。

你做了一個殺人的夢。你殺了誰？
殺人案發生的經過和原因是什麼？之後又發生了什麼事？

距今十年後，你跟一個十年沒見的老朋友相約見面。描寫你們兩人的對話。

生活中最讓你嫉妒的人。

你是連續殺人犯。你的數位錄放影機表單上有什麼電視節目？爲什麼？

最讓你感覺羞恥的一件事。

讓人感到罪惡的享受。

舒適。

誠實。

你保留的東西。

別人對你的想法 vs. 你對自己的想法。

從你寫的東西找出一段死氣沉沉的文字,把它重新改寫成一個長句。
讓句子延伸下去,別擔心它變得拖泥帶水,一直寫下去就對了。

把兩個角色放在同一個房間裡，這兩人都想從對方身上得到某些東西，但是不能說破。
給他們五分鐘的時間，雙方只能藉由對話得到自己想要的東西。

為你的角色寫兩份禱告文。一份私下說，一份公開發表。

你在國外迷路了，卻又找不到會說中文的人。你該怎麼辦？要怎麼找到路？

讓一個角色大吵大鬧，行為失控。

你以前常做但現在不再做的事。

你搬走以後會住進你家的人。

你從殯儀館窗戶看到的屍體。

寫下一個死了還陰魂不散的人、一個讓你著迷的人，以及一個你不懂的人。
把這三個人放在同一個場景裡。

你寫的稿子沒被採用，
但編輯還是給了你一筆補償費。

你最喜歡的紅酒。

你媽一直警告你要小心的人。

無法抵抗的誘惑。

寫一個故事，用「這是這世界上她最想要的東西」當開場白。

接上。試寫：「她說謊。這才是這世界上她最想要的東西。」

挑一篇你沒讀過的短篇故事，讀到三分之二處打住，接著寫你自己的結局。

把「我一直想說的是……」這個句子寫完。

你會從郵購目錄中買什麼東西？為什麼？

遇到寫作瓶頸是什麼樣的感覺？

找一張世界地圖或一顆地球儀，閉上眼睛選一個地點，寫下某人初次抵達那個地方的情景。

去年這個時候你在做什麼？

一份意外的禮物。

把鬧鐘調到凌晨三點，
醒來之後寫下你想到的第一件事。

把你長久以來幻想中的朋友介紹給大家。

打開你家的櫥櫃，把你最先看到的三樣東西寫進一個場景。

你是科學怪人（Frankenstein），寫封信給瑪麗·雪萊（Mary Shelley），感謝她把你的故事公諸於世。

為你前不久遇見的陌生人寫一小段訃文。然後從他疏遠已久的兒子的觀點改寫這份訃文。

找一張照片。寫下鏡頭外發生的事。

回想對你意義重大的一件事，然後寫出那件事之前發生了什麼。

描寫突然出現、讓你或你的角色措手不及的人事物。

向二一五○年的歷史學家解釋逛商場是什麼感覺。
記得,二一五○年可能沒有商場、手扶梯、美食街或現金。

寫一封信，用「我告訴你這件事，因爲你是唯一不會評斷我的人……」這句話當開頭。

描寫一個喧囂混亂卻又毫無意義的場景。

你該丟掉卻又丟不下手的東西。

描寫一個教授勾引自己的學生。

你最愛躲藏的地方。

你想瞭解的其他東西。

今天天空的樣子。

你媽送你的禮物。

寫下你從三段對話中聽到的三個片段。把這三個片段放進同一個對話中，然後繼續發展下去。

某天，一個小男孩爬上一棵樹，他下定決心，除非他爸媽停止離婚訴訟，不然他就不下來。
從他爸媽各自的觀點描寫這起事件。

從今日的觀點重寫你的大學申請書。回答最後一個問題：「還有什麼要補充的嗎？」

Google你自己的名字。寫下最像你、但不是你的搜尋結果。

如果可以，你想如何改變自己的身體？這會如何影響你的人生？

你到銀行辦事卻碰到有人搶銀行。你趴在地上，從這個角度描寫這起搶案。

你最愛的電影。

你最愛的書。

你最愛的名言。

你最愛的樹。

觀察一個陌生人。回家寫下他母親的悲慘遭遇。

你跟你媽一個樣的地方。

煮湯。

用你自己創造的語言寫一段話。

選一個你做過的人生抉擇，例如搬家、工作或感情。
如果當初做了別的選擇，你的人生跟現在會有什麼不同？

你穿去學校舞會的行頭是什麼樣子？那身衣服是怎麼弄來的？衣服後來呢？

三個不同年紀的人（其中一個可能是你）看著他們不該看的東西。

寫一封分手信，跟正在當兵的高中戀人提分手。

你就是上面那封分手信的苦主。寫下你的回信。

最近讓你心情低落的一件事。

最近讓你開懷大笑的一件事。

描寫你最要好的朋友。

有一股怪味。它從哪兒飄來的？

你最不想做的一件事。

她丈夫的頸背。

你最珍惜的一張照片。

寫一幕你不會拿給媽媽看的性愛場景。

把以上性愛場景改寫成可以讓媽媽看的版本。

像寫一系列明信片一樣，寫一段生活。

你但願媽媽從沒告訴過你的五件事。

描寫天堂。

寫一段準備在聯合國發表的脫口秀段子。

你從沒告訴過媽媽的一件事。

某個遺失的身體部位。

為了做紀念而保留下來的衣服。

你擁有最古老的一件東西。

去外面仔細聽三種不同的聲音。然後找出聲音來源，形容聲音聽起來的感覺。
把這三種聲音寫進一個故事裡。

現在是二一○○年，全球嚴重缺水。描寫地球上典型的一天。

你在一片曠野中醒來，身穿太空裝，躺在一塊衝浪板上。發生了什麼事？

有個祕密，一旦揭發就會天下大亂。

假裝你是筆下角色的算命師。說出他或她的未來。

你家小狗最近做的夢。

用「口紅」、「欲望」、「失去」、「上鎖」這四個詞寫一個故事。

哪一個文學角色改變了你的人生？從他的觀點寫一段話。

從小孩的觀點寫一段鮮明的童年回憶。

為一個角色寫生存指南：緊急時刻要做的十件事。

你是白宮的主廚，正在為印度總理準備國宴。你準備了什麼料理？大家的反應如何？

你最喜愛的新聞主播髮型。

一年之後你會在哪裡？

你最愛的牛仔褲。

你最後一次騙人。

鐵達尼號上的樂隊最有名的就是在船沉時仍不間斷地演奏。從在舞廳裡演奏的樂手的觀點，
描寫鐵達尼沉沒的過程，以及他們在沉船過程中的所見、所聽、所感。

過去兩天，你陷在全世界最嚴重的公路大塞車中。發生了什麼事？

描寫到遊樂園玩的情景，專注於那天的色彩、聲音、氣味和味道。

你已經重病臥床三個月。你想念哪些事？可以出門之後，你要做的第一件事是什麼？

結婚典禮上，當新娘走向新郎所站的台前時，新郎心裡在想什麼？用十分鐘寫下來。

你只能保留人生中的一段回憶。
你會選擇哪段回憶？

愛的藝術。

你早餐吃了什麼？

多多，如果我們已經不在堪薩斯州，
我們會在哪裡？

（譯註：語出《綠野仙蹤》，後引伸爲到了陌生的地方。）

寫一段你辯輸別人的故事。

寫一封情書給你不喜歡的人。

寫一個故事，以「這就是事情發生的房間」爲結尾。

你不會用十呎長的竹竿碰什麼東西？為什麼？

一個用層層衣物把自己隱藏起來的怪女孩。

早知道該問過爺爺或奶奶的五件事。

你是一架波音747的機長，剛發現飛機有可能墜機。你會跟機組人員和乘客說些什麼？

這是你住進死囚牢房的第一天，在這狹小的牢房等待處決，請規畫你未來十年的生活。

你上一次把重要東西弄丟是什麼狀況？請盡量用主動的語氣寫下來。

（例如：我忘了手機放哪。我找了沙發底下。我打電話問朋友。）

用消極被動的語氣改寫上一段文字。

（例如：我的手機被遺忘在某個地方。沙發上下除了棉絮什麼也沒有。打給朋友也毫無斬獲。）

想像一個角色兩個不同的年齡階段。描寫他在這兩個階段的生活。

單打獨鬥。

原諒的時刻。

說一個史上最悲哀的笑話。

每個人都有自己的特長。
你的特長是什麼？

描寫你的母親。

爲你永遠不會寫的小說寫五個構想。

昨天晚上你夢到什麼？

你是一場離婚官司的律師。雙方唯一的爭執點是小狗該歸誰。
說服法官小狗該歸你的當事人所有。

你住在一八六四年的亞特蘭大。這城市陷入一片火海，你要怎麼辦？
（譯註：亞特蘭大城在南北戰爭期間被燒毀。）

寫兩篇要放在交友網站上的自我介紹。
第一篇走乖乖牌路線，讓人想帶回家給媽媽看。第二篇走火辣性感路線。

你最喜歡的書、電影、戲劇或詩裡的一句話。把這句話改寫成你自己的版本。

上網查《韋伯字典》（www.merriam-webster.com）的每日一詞。用那個詞寫一篇故事。

你在飛機上最悽慘的經驗。

你最棒的一次生日。

文青的條件。

列出你跟生命搏鬥的方式。

描寫你愛的某個人的臉。

一個男生想搞笑，但是講的笑話卻沒人笑。

你最喜歡的露營地點出了問題。

希區考克說，推理就是不知道一群正在打牌的人會發生什麼事；懸疑則是只有你知道牌桌下有炸彈。寫一起平凡的事件，一開始就有一件事即將改變一切，但只有讀者知道。

一個四歲的小孩怕黑。寫下孩子的恐懼，以及你可能幫助他克服恐懼的話語或行動。

你是大人，你也怕黑。解釋這為什麼是一種合理的恐懼，免得朋友嘲笑你。

寫一段文字，呈現一個角色不同的生活面向。想想怎麼用聲音、節奏和重複來達到這個效果。

什麼是寂靜的聲音？你上一次聽到是什麼時候？裡頭少了什麼？

你被逐出家門，但你沒有流浪街頭，而是到IKEA棲身。
晚上你躲在廁所，直到管理員離去。寫下你過的生活。

想一個你不敢寫的生活片段，把它寫下來。

記下你喜歡的詞彙，你喜歡的也許是它的聲音，也許是意義，也許是筆畫有趣。
從中挑出一個字，把它寫進一段文字裡。

上司做過的一個夢。

住在你長大的那條街上的一家人
（你家除外）。

你錯待朋友的方式。

一封給編輯的信。

寫出你自己的「回到未來」：描寫父母是如何相識，以及其中一些小細節如何爲他們的關係和你的誕生鋪路。

去一家咖啡店仔細觀察某兩人的互動。然後寫出兩個人在咖啡館裡的場景。

某個熱鬧的週六夜晚，有個男人在一家浪漫的餐廳裡跪下來求婚。
你是一名體育主播，正在現場為電視觀眾轉播精彩實況。

每次都會害你惹上麻煩的五件事。

另一個喝醉的片段。

你是個五十三歲的女人，住在芝加哥。寫封信給聖誕老公公。

即使是壞掉的時鐘，一天也會對兩次。

給一個好建議，儘管來源可疑，試著說服某個人接受這項建議。

寫關於一首歌的事。

描寫差點溺水的情景。

三十年的謊言。

五十塊錢或許不多，除非⋯⋯

用你想得到最創新最大膽的明喻、暗喻和具體形容，來描寫「上升」。

醒來之前，你半夢半醒的腦袋在想什麼？
當鬧鐘響起、腦袋快要清醒時，它最後的希望、恐懼或對自己的承諾是什麼？

你今天有夠衰，對這世界感到生氣。

氣憤之下，你決定給一整班又嫩又滿懷希望的年輕作家一堆最糟糕的建議……

你帶著一股無名的恐懼醒來，卻不知道自己在恐懼什麼。寫下一天中可能讓你感到恐懼的事。

你最尷尬的時刻。

夢幻度假勝地的週末。

寫一封教練給球員家長的信，解釋該球員為什麼退出球隊。

寫下主角遭人錯怪，被指爲罪魁禍首的場景。

你是個營地輔導員。編一個會把八到十歲的露營成員嚇到哇哇叫的故事。

買的東西壞掉打電話客訴時，你最想跟客服說什麼？

天衣無縫的犯罪——以及可能出紕漏的地方。

坐你旁邊的人一天的生活。

偷竊癖。

一個盲人的觀點。

永遠分不乾淨的分手。

家族裡有人過世。

你的角色正在湖裡游泳，沒戴眼鏡。
她瞇著眼睛，看見有個東西朝她游過來，她認為自己看到了什麼？

你奶奶給了你一本書，你卻不想看。那本書是什麼書？寫張卡片謝謝她，假裝你看了那本書。

從你的雙手的觀點寫一個談情說愛的場景。

有個女人正奮力把一個大包裹塞進後車廂，她兒子沒下車幫她。描寫這個場景。

寫下你的遺囑，說明誰將獲得什麼，以及這幾年來遺囑有何更動。

想一個你看不起的人。描寫這個人所有的優點。

某個人如何救了你的命。

你發現了你玄祖母的日記。她在一八五六年六月十六日寫下：

如何引人矚目的入門指南。

十週年紀念日。

被殺人犯追殺。

成為一個大亨。

寫一篇新聞稿宣布你生命中最重要的時刻。
說服大眾和記者為什麼要關心這件事，並且花篇幅報導。

為你生命中的音樂（時時在你耳邊迴盪的歌曲或音樂）寫一篇樂評。

想一個你最支持的政治理念，再想一些強而有力的論點加以反駁。

你的貓怎麼看這世界？

除了你以外，大家都在笑。

以番茄為主題寫一首詩。

你正要上脫口秀節目，製作人來後台找你聊主持人要訪問你的精彩故事。
用獨白的方式，把這個故事寫下來。

用你的愛歌歌名寫一個故事。

寫下你被惡整的經驗。想辦法說服讀者，這件事完全不是你的錯。

接上。這次想辦法說服讀者，錯完全在你。哪個版本的故事比較有說服力？

描述你聽過最大的一次地震。

把今天遇到的兩件事串連起來。

還有一個小時。

一名記者之死。

從對某件事有恐懼症的人的觀點去描寫該經驗。例如：怕坐飛機的人去搭飛機、有曠野恐懼症的人在草原裡迷路、有花生醬恐懼症的人吃三明治。

將你坐下來寫作時的內心獨白寫出來。

洛杉磯巨人隊的每位球員上場打擊時，都可以要求播放某一首主題曲。
寫下你上場時播放的那首歌的歌詞。

你走進你的房間，發現有人在翻你的抽屜。

你知道跟你說話的人在說謊。你要戳破他，還是讓他繼續說？

世界上有兩種人：酒鬼和倖存的酒鬼。你是哪一種？

選一則經典童話故事，把背景換成你的家鄉。

你聽過最大的謊。

牙買加一遊。

快速致富的方法。

砒霜。

你今年十三歲。寫封情書給你的男朋友。

你今年二十一歲。寫封情書給你的女朋友。

如果你跟初戀情人結婚，現在的你會在哪裡？

_____

_____

_____

_____

_____

想像一個人騙了自己也騙了別人。如果他不再說謊會怎麼樣？

_____

_____

_____

_____

_____

把一個角色（或你自己）放在黑暗中，看看會發生什麼事。

_____

_____

_____

_____

_____

你是一名軍官，負責到軍眷家中通知他們的子弟陣亡、受傷、失蹤、被俘之類的消息。
描寫其中一個場景。

兩名醫護人員在救護車後座照顧一名病人。

該病人只剩三十分鐘可活，到醫院要二十幾分鐘。描寫救護車裡發生的事。

要是有人看到這一天的日記，你必死無疑。

你有一台時光機，但只能回到兩天前。你會改變什麼事？

用「我是事情發生的場域」這句李維史陀（Claude Lévi-Strauss）說的話，來寫一篇文章。

你是奈及利亞的網路詐騙集團。寫一封電子郵件，說服收信人匯給你兩百美金。

有個人站在公園的肥皂箱上對路人咆哮。發生了什麼事？

你喜歡的地方的味道。

你早餐吃了什麼？

懷孕又迷路。

被閃電擊中。

你剛被善妒的另一半抓姦在床。你要怎麼解釋，才能幫自己解圍？

想一件日常會做的事，例如購物或加油，然後把它拿掉。
當一個角色不再做那件事會怎麼樣？他為什麼這麼做？

一四九二那一年，哥倫布展開海上探險。
以歷史事件或重要觀念為主題，為小朋友寫一首能幫助記憶這個主題的押韻詩。

《時代》雜誌剛把你選為年度風雲人物。為什麼？

一群高中生在盛大熱鬧的家中派對喝得醉醺醺。分別從一名參加派對的學生、來視察的警察、其中一名高中生的父母這三個角度，描寫這個場景。

爲你所屬黨派的市長候選人寫一篇得獎感言。

爲你明知道該放棄卻又放棄不了的一件事，想個正當的理由。

你可以問十個問題，猜出對方心裡想的一樣東西。你會問哪十個問題？

正當我以爲想也知道
她接下來要說什麼的時候……

在停車場找到一根骨頭。

窗戶裡的算命師。

死亡就像……

替一個受人愛戴卻捲入性醜聞的牧師寫一篇布道文。

你在賭場作弊被逮。向賭場經理解釋這一切都是誤會。

當你告訴心理醫生你的生活、希望和恐懼時,他心裡在想什麼?

一直轉圈圈直到頭暈跌倒為止,然後寫下腦中浮現的第一個想法。

挑一部你最喜愛的影片。轉換一下主角性別，根據這個改變調整情節發展。

寫一件你一無所知的事。全部用掰的。

得體的晚餐對話不該出現宗教、政治或金錢這三種話題。
描寫談論起其中一、兩個話題的晚餐場景。

爲水電行寫一段朗朗上口的廣告歌詞。

寫下你對代數老師的所有印象。

絕不要低估坐在公園長椅上的老人。

你正在準備要埋進後院、五百年後才會被挖出來的時光膠囊。
寫一封要放進裡頭的信，描寫你所知的現代生活。

以拍賣會目錄的形式，寫下一個人的生命。

你的老闆爲什麼要幫你加薪？

另一半的生活。

一條鋪滿善意的通往地獄之路。

你第一次到陌生的國度。

描寫殯葬業者跟剛喪親的一家人見面。記得他不只要安慰家屬，
還要推銷喪葬服務，並收集死者與家屬的相關資料。

寫下婚禮誓詞。新娘三十五歲，第一次結婚。新郎四十八歲，第三次步入禮堂。

選一名獨裁者，想像他某一天或某天早上的生活並寫下來，
把焦點放在平凡的瑣事上（消化、睡眠、口腔衛生）。

你愛他、他卻不愛你的人。

寫一篇樂評，除了不能提到樂團、樂手或音樂類型，其他都可以寫。

描寫一次你想高潮卻力不從心的經驗。

跟一名陌生人自我介紹，請他告訴你一件他從沒跟別人提過的事。記下你的發現。

你爲什麼寫作？

那天在巴黎。

別人不懂你的地方。

第一次跟別人打架。

把你自己或你的角色放進一個讓你覺得脆弱又彆扭的地方。

為最近做了不名譽的事的公眾人物寫一篇公開道歉啟事,以此換掉公關幫他寫的版本。

觀察做同一件事的一群人，如坐上地鐵、找座位。
用一、兩句話描寫每一個人，每個句子都用不同的動詞。

突然間，你聽到了每個人的心聲，他們對你的看法讓你很錯愕。寫下他們的想法。

從描寫一雙手開始，寫一個故事。寫下這雙手的外觀特色，以及相關的活動、動作、手勢、不安的撫弄等，以此揭曉雙手的主人是誰。

挑一部你看過最爛的片，修改它的情節。

寫一首饒舌歌歌詞，裡頭要有警察、毒販被逮的情節，還有一隻狗。

有個大人正在陪一個小孩做功課。他們是誰？透過他們關於作業的互動，揭露他們的關係。

英國樂團傳奇艾維斯‧卡斯提洛（Elvis Costello）說過，用寫作呈現音樂，就像用舞蹈呈現建築。
試論之。

訪問你欣賞的某個人。寫下那個人的簡介。

你上一次改變重大決定。

最糟的一次全家聚餐經驗。

最糟的一次泡酒吧經驗。

最糟的一次運動經驗。

最糟的一次上體育課經驗。

翻到報紙的訃聞版，挑一個人來寫，想像那人生命中的一個場景。

描寫一個形象鮮明、徬徨不安的文學角色，把他當作你的祖父母或曾祖父母。
嘗試用他們的生命呈現你在自己家中遇到的依賴、上癮、逃避等問題。

你是比爾・蓋茲，設法一次解決世界上所有的問題。
你要處理的第一個問題是什麼？為什麼？

列下你死前要做的事。

我祖父的女朋友。

描寫身體覺得痛苦的時刻。

形容一件你現在穿的衣服，你的女兒或兒子未來也想擁有它。
那是什麼樣的衣物？為什麼你的孩子二十年後還會想穿它？

在哈佛校友會。

一個道德的難題。

描寫一個你每天都會見到的人。

描寫一個你從沒見過的人。

美國小說家伊森‧卡寧（Ethan Canin）說，他會寫〈會計師〉這個短篇小說，是因為他想寫一個讓一雙襪子顯得很重要的故事。將一件平凡的物品變成某人的迷戀對象，寫成一篇故事。

你是一名電台DJ，剛收到市區爆炸的緊急通報。當局要疏散現場人潮。
當更多消息傳來（或沒傳來）的時候，你在空中要說些或做些什麼？

你多半時候都是對的，而其他人都錯得離譜。為什麼？

卡西諾酒吧是愛達荷州斯坦利鎮上的唯一一間酒吧，描寫它在平日週二晚上的樣子。
此地人口不到五百人，有美國本土最冷清的城鎮之稱。

你是名魯蛇，平常只有一隻貓與你作伴，這樣已經持續好一陣子。
有一天，你的貓終於受不了，開口說話。牠說了什麼？

你在另一個城市的百貨公司裡看見你的老師在哭。寫下那個場景。

你從最近的窗戶看出去的五樣東西。

描寫你最喜歡的運動員。

你為什麼喜歡那些鞋子？

她是個吃東西很講究的胖女人，皮包裡有一張13,612美元的支票，但不是開給她的（你也知道……）。她對這種事很在行。從她的頭髮開始描寫起。

勝利的光芒。

你的夢幻假期。

世界末日。

你最後的吶喊。

我現在沒辦法談這件事，但如果可以，我會告訴你……

重新創造你最早的童年記憶。

寫下一對夫妻從結婚以來吵得最凶的場景：破曉時分，他們坐著一艘小漁船，漂在兩人最愛的一座湖上。馬達壞了，他們離岸很遠。

解釋牙醫如何治療蛀牙。你的聽眾是個滿口蛀牙的六歲小孩。

一般人還關心政治和文化問題嗎？原因是？

你最愛的食譜。

某個角色發現了多年前藏在家中的一樣東西。

描寫一名父親第一次意外見到兒子女朋友的場景。
他兒子不在場，這個女朋友跟這名父親的年紀相當。

重寫你的一篇文字。用字盡量簡潔。

描寫祖母或外祖母的童年。

在酒吧跟人搭訕的十句爛台詞。

性交的十種委婉說法。

最近一次遭人背叛。

寫一首歌。

寫一個以森林為背景的兒童故事。

你是剛到職的自殺防治專線諮商師。描寫你接到第一通電話時的感受。

你迷信嗎？是什麼樣的迷信？為什麼會有那種迷信？表現在什麼樣的行為上？

跟老闆解釋為什麼你在一次商務會議花了五千美金，他又為什麼該幫你出這筆錢。

英國作家喬伊斯（James Joyce）說，犯錯是通往新發現的入口。什麼錯誤曾經讓你頓悟？

寫信給一個小孩，跟他解釋該怎麼做一件事，例如騎馬或出拳。

一名譯者不想翻譯被交代的工作。

用各種方法形容一樣「紅色」的東西，就是不能直接用到「紅色」二字。

幫電話推銷員寫一篇稿子，推銷塑膠狗糞鏟。

為電話推銷員寫一篇稿子，幫非洲受飢兒募款。

大雪覆蓋的小屋生活。

海盜的生活。

事情該有的樣子。

寫一封信給你的房東。

一個亂到沒救的人跟一個潔癖到極點的人成為室友。

描寫兩個相識很久的角色，其中一人內心藏著一個祕密。

跟姊姊或妹妹的公路之旅。

一段關於你、但不該讓你聽到的對話。

描寫一個怪親戚的長相。

你從自己的小孩身上學到的智慧。

你每次想到都會流淚的事。

你躲起來的地方。

寫下你此刻正在擔心的事。

一個漫天大謊。

你最難忘的後車廂經驗。

「走吧，甜菜。」他打開燈說，隨手抓起兩個行李袋，一個很輕，一個很重。
這是她的車，她睡覺時把鑰匙放在身上。

從毒蟲的觀點寫一封信。

寫一封信給你還沒寫的一本小說的讀者。

跟某個人同行的二十四小時露營之旅。

一個全科拿A的高中生在學校偷東西被老師逮到。

想一個你從別人那裡聽過最可怕的經驗，如劫車、鬥毆、搶劫。
想像你被牽扯進去會是什麼樣子。從即刻寫起。

星期天吃晚餐時起的爭執。

你參加美國小姐選拔賽，正在接受主持人的訪問。除了希望世界和平，你還想告訴評審什麼事？

你擁有的什麼東西再過二十年就會被淘汰？會被什麼取代？

一段你很遺憾從來沒有過的對話。

你因為某種怪病失去了某種感官知覺。是哪一種？寫下發生的過程和你面對的方式。

知足常樂的新手指南。

贏得公婆（或岳父母）心的新手指南。

早起的新手指南。

蹺班的新手指南。

到了要選擇高薪還是有趣的工作時，他犯了天大的錯誤，選擇了後者。

把你的iPod切到隨機播放模式，寫下第一首播放的歌曲歌詞，把它當成起始句開始寫。

為今人重寫林肯總統著名的〈蓋茲堡演說〉。

你爸或你媽有個讓你很討厭的習慣。是什麼習慣？除了你以外，有人注意到嗎？

描寫你第一次海泳時聽到的聲音。

你哥（或你弟）要是知道你這樣說他，一定會剝了你的皮。你說了什麼？

選一個你不在現場的家族故事，挑一名敘述者（母親、哥哥、高祖母的姊妹），
用他／她的語氣寫下這個故事。

讓你心碎的事。

在別的地方醒來。

一個你說過、沒被揭穿的謊。

爲你最喜歡的超級英雄
寫一份「願望清單」。

你是高中的畢業生代表。寫下你要發表的畢業感言。

把法院訴狀或判決書列出的事實改寫成一段敘述性文字。

找出你人生中一段深刻或重要的個人經驗（弟弟妹妹出生、摔斷手、全家人的公路之旅、離婚等），
更動發生的背景，寫下另一名敘述者遭遇這件事的故事。

想像你有一年不能說話。你要怎麼跟人溝通？
這對你的人際關係有何影響？哪些話你會存到年底再說？

這是他第一次跟人打架，而且偏偏就發生在_____。

大肆抱怨你討厭的東西，盡情發洩你的不滿。
然後以說服另一個人跟你同仇敵愾爲目的，重寫你的抱怨文。

兩個傢伙走進一家酒吧……

完美的一餐。

創造一個想像的朋友（人或非人皆可）。

你是一八九〇年代的俄國佃農。糧食短缺，革命流言四起。
沙俄擁護者為了拉攏人心給你食物。你要怎麼做？

合理化一種錯誤行為。

你忘了付信用卡帳單的原因。

詳細描寫你能想到最無趣的一種東西。

描寫你上一次去醫院或診所的情形。

寫一個雙關語的笑話，並且放進一個故事裡。

用四段以內的文字概括你家狗狗的一生。

在一個寧靜的地方坐五分鐘，例如溪邊、教堂庭院、無人的原野，打開你所有的感官。
寫下你注意到的東西。

完成以下的句子，再接著往下寫。「我第一次＿＿＿＿＿。」

你尿溼褲子那次。

第二段婚姻。

仔細描寫一樣日常物品，例如水果、水壺、破舊的皮夾。

用下面這句話當開頭寫一個故事：「大家都在偷偷討論_____，但沒人有勇氣跟她說。」

想像你自己回到八歲。
你會告訴自己什麼事？

想像你已經八十歲了。
你會告訴自己什麼事？

你記憶中最可怕的噩夢。

寫一首廁所牆上的打油詩。

什麼是「公」？什麼是「私」？什麼該歸「公」？什麼該歸「私」？
這兩個字，現在代表什麼意義？

你屬於什麼世代？描寫你認可的那個世代給人的刻板印象。你顛覆了哪些刻板印象？

記下一起遙遠的家族事件。訪問一名家族成員對這起事件的看法。
寫一篇文章，呈現兩段記憶的差異。

喝一罐啤酒。寫下它的滋味。

她那樣很瘋狂。

偷聽別人說話，在公車上、排隊買午餐或者在街上走路時都可以。
他們說了什麼？聽起來給人什麼感覺？

訪問一個你自認很熟悉的人，問一些你從未提起的問題。

寫下你五年後、十年後，以及三十年後會擔心的事。

把你最近聽到的一個笑話改編成短篇故事。

用超級慢動作想像過去發生的一件事，腦中的想法也要慢動作。

寫一個限制級的迪士尼劇本。

寫一篇經典名著的毒評。

你做過最糟糕的一件事。

你碰過最糟糕的一件事。

將一段短暫的互動（如買咖啡、跟接線生說話）盡可能延長。

選一個你感興趣的人。寫下你跟蹤他回家時發生的事。

_____

_____

_____

_____

_____

_____

_____

_____

_____

為高中啦啦隊寫十句新的加油口號。

_____

_____

_____

_____

_____

_____

_____

_____

_____

「他從那個時候起就不再相信……」以這句話當開頭往下寫。

這段關係的最終回。

失蹤的軟體工程師。

我並不後悔。

整個房間的人都想睡在一起。

誰寫了「愛之書」？爲什麼？
裡頭寫了什麼？

寫十首幸運餅乾的籤詩。

以一個小時爲單位，
寫下你的一天。

一件尚未破解的名案。

「那天我媽砸了家裡的每個盤子。」以這句話當開頭寫個故事。

她連選三明治都要考慮八百年，但當＿＿＿＿＿＿跟她求婚時，她卻立刻知道，除了「我願意」，沒有第二個答案，而朋友和家人都不以為然。於是混亂就這樣展開……

你是《星際大戰》的路克‧天行者。

爲你的自傳寫三種不同的開場白，嘗試截然不同的寫作風格。

你是死神。爲你的自傳寫三種不同的開場白，嘗試截然不同的寫作風格。

只有十個人能坐上救生艇。說服船長你應該是其中一個。

回想你跟朋友最近的一段對話。

在同一個地點坐二十分鐘，只專注在你聽到的聲音，記下你的發現。

你在地球上的最後一年。

你被困在一座小島上已經五年了。描寫你典型的一天。

發生在極度高溫下的一個場景。

發生在極度低溫下的一個場景。

你做過最困難的決定。

描寫正在行動的一個怪人。

訪問年紀最大的一位親戚。

手持式科技產品（如手機、iPod）如何影響大眾的社會行為和公共空間的人際互動？
這對日常街頭生活和我們與陌生人應對的能力，造成何種衝擊？

盡可能貼近你的觸覺，化身為故事中皮膚過敏的角色。

你擁有過最貴的東西是什麼？買下它是什麼感覺？

離家。

你的臉出現在晚間新聞。寫一個短篇故事解釋原因。

納博科夫（Vladimir Nabokov）同名小說中的蘿莉塔（Lolita），年紀來到四十五歲。
她寫信給年邁的韓伯特（Humbert Humbert），跟他說他如何毀了她的童年。

你害某人哭了。　　　　　　　　　　　　　　　　　　某人害你哭了。

我以前（或自從……就）　　　　　　　　　　　　你情竇初開的那個夏天。
沒有過這樣的感覺。

有個小孩把一塊岩石丟下懸崖，岩石打中了某個人的頭。
小孩聽到尖叫聲跑下去看，結果那人的健行同伴說他死了。寫下這兩人的對話。

寫一封瓶中信，描寫找到這封信的人。

以「當時不覺得怎麼樣⋯⋯」為開頭寫下去。

從一個具有聯覺能力的人的觀點寫一篇短文。
（聯覺指的是一種感官刺激可引發另一種感官反應，如聽到聲音就可看見某種顏色。）

你寫過最痛苦的一封信。

你是個青少年。一個朋友叫你到某個大家都知道不安全的涵洞去找他。
你要怎麼溜出家門？到了那裡又發生什麼事？

詳細描寫一個盤據腦海的畫面。為什麼它會揮之不去？

一個護士討厭她照顧的病人。從她的觀點寫一段話。

你是個超級英雄。你有什麼超能力？你怎麼使用它？

用「我從沒告訴過任何人……」這個句子開始寫。

今天你想在《紐約時報》看到的十則頭條。
為什麼？

那天晚上發生的事。

這就是大眾眼中_____的生活。

這就是_____私底下的生活。

用一個爛笑話當開場白。

寫一本漫畫的分鏡腳本。

寫一封情書給逃跑的人。

從遊民的觀點寫一個故事。他在公車上睡著了，夜晚時分醒來時，意外來到有錢人的安靜住宅區。

從有錢股票經紀人的觀點重寫以上的故事。他醒來時發現自己來到城裡最貧窮的一區。

打開你的藥櫃，記下裡頭的每種藥丸、藥膏和藥物。
這些藥用來治療什麼病症？對於你的健康狀況，這說明了什麼？

寫一個故事。每個句子都用不同的音開頭，從ㄅ音開始，
然後依序寫下來，例如ㄆ、ㄇ、ㄈ，以此類推。

讓你興奮的一種味道。
你第一次與它相遇的時刻。

你的初夜。

你最窮的時候。

你最有錢的時候。

觀察看球賽的三名觀眾。用三種不同的動物來描寫他們。

你跟陌生人有過最有趣或（和）出乎意料的對話。

用平淡的口吻寫一件驚人的事。.

描寫一個個性極端的人兩次去看馬戲團的經驗。第一次他激動不已，第二次他陷入了絕望深淵。

描寫兩個人帶著相反信念分開的場景。

科學家宣布他們發現了長生不死的祕密。
寫一封幫助人類免於死亡的請願書。

去一家你一直想嘗試的新餐廳大快朵頤。
回家後，假裝自己是臥底美食評論家，寫一篇評論。

寫下你想得到的所有陳腔濫調和格言。回過頭把你會說的句子打上星星。

選一天對所有的欲望和要求照單全收。如果你還沒累癱，寫下這段經驗和最後的結果。

捏造一個小人物。描寫你的小人物跟其他小人物互動的場景。

寫下二十個你對街坊鄰里的詳細觀察。

用以上觀察寫發生在另一個地點的場景。

列出讓你生氣的事。

從左欄列出的事選一件來寫。

掉了錢。

怎麼從A點到B點？
你可能不想這麼走的原因。

你是當代好萊塢製片。寫信給喬伊斯，建議他怎麼把《尤利西斯》（Ulysses）變得「更好拍成電影」，例如增加動作場景，來個皆大歡喜的結局，挑選可用電腦特效處理的場景，請票房巨星來飾演男女主角，或是選擇熱門搖滾歌曲當配樂。

為餐廳寫一份菜單，包含菜名、食材和口味。然後再寫一份外送（或外帶）菜單，長度只要正式菜單的一半，但必須同樣吸引人。

你是個海盜。描寫你的完美一天。

你最大的祕密是什麼？要是被發現會怎麼樣？

最接近人生走馬燈的一次經驗。

寫一首洋蔥頌歌。

你曾經全心相信的蠢事。

你從沒機會說出口的凶狠回答。

當個「外貌協會」，用一本書的封面來評價那本書。
它看起來如何？

寫一封勒索信。

給高中剛畢業的青少年最好的建議。

分享一則自己的糗事，你家人最常拿來說嘴。

選一則今天的新聞。想像新聞裡提到的一個人當天吃早餐時看到了這則新聞。描述那個場景。

你的初吻。

你第一次分手。

你的婚姻幸福美滿，有一天你卻發現自己愛上了別人。怎麼回事？

寫下你的訃聞。

國家圖書館出版品預行編目(CIP)資料

642件可寫的事 / 舊金山寫作社(San Francisco
Writers' Grotto)著 ; 謝佩妏譯. -- 初版. -- 臺北
市 : 大塊文化, 2017.03
　　面 ;　公分. -- (smile ; 138)
譯自 : 642 things to write about
ISBN 978-986-213-779-6(平裝)

　1.寫作法 2.創意

811.1　　　　　　　　　　　　106001894